LA PRISON

POUR DETTES.

LA PRISON POUR DETTES;

Par

Mr de Sartre-Salis,

ex-Secrétaire particulier du Ministre de la Guerre.

TOULOUSE,

DE L'IMPRIMERIE DE BELLEGARRIGUE, LIBRAIRE,
RUE DES FILATIERS, N.º 31.

Septembre 1826.

Nous nous félicitons en toute occasion de la douceur de nos mœurs, nous ne cessons d'exalter ce haut degré de civilisation auquel nous sommes aujourd'hui parvenus. Comment donc se fait-il que le peuple le plus doux, le plus civilisé de la terre ait encore une législation si barbare, au moins dans quelques-unes de ses parties? pourquoi trouve-t-on dans nos codes des dispositions qui paraissent y avoir été inscrites avec du sang, et que les tribunaux n'appliquent jamais qu'à regret? Faisons disparaître ce contraste qui nous accuse, ou soyons un peu moins fiers de notre civilisation, et de la douce influence qu'elle a, prétendons-nous, exercée sur les mœurs nationales.

Un très-noble Pair, que les misères d'autrui n'ont jamais trouvé insensible, a plaidé naguères avec chaleur la cause *des prisonniers pour dettes*, et fait sentir la nécessité d'une réforme dans la législation qui les concerne. Aussitôt les partisans d'une éternelle incarcération se sont écriés, qu'il n'en fallait pas davantage pour entraîner la ruine entière du commerce. Mais je remarquerai qu'il ne s'agit pas d'abolir la contrainte par corps, mais d'en adoucir l'excessive rigueur. Les créanciers les plus durs, les plus vindicatifs, doivent donc se rassurer, le corps leur restera, puisqu'ils le veulent, pour assouvir leur cupidité et leur vengeance; mais ils le tourmenteront moins longtemps, et ils seront obligés de le nourrir un peu mieux. Voilà, je crois, tout ce que l'illustre Pair a demandé.

Victime moi-même de cette loi, j'ai osé tracer le tableau de ma prison : trop heureux si mes vers ne se ressentent pas du lieu où je les ai composés, et si, je puis m'exprimer ainsi, *ils ne sentent pas le renfermé.* Destinés à mes amis, et faits sans aucune prétention, j'espère qu'il échapperont à la critique.

LA PRISON

Pour Dettes.

Solutus omni fenore.
HORACE, Ep., Od. 2.
Il ne connaît Thémis, ni l'avide usurier.
Trad. de DARU.

QUEL génie infernal, pour le malheur du monde,
A, sous les traits d'un Juif, fait une invention
A laquelle, bientôt, sa malice profonde
Fit attacher ces mots : *l'argent*, ou *la prison*.
Mais quel est donc le nom de ce contrat étrange ?
Tu ne le sais donc pas ? c'est la lettre de change.
Ah ! cette invention, je le dis sans aigreur,
Est digne en tout de son abominable auteur.
Que ce sanglant contrat a enfanté de peines !
      Et cependant il est exécuté.
      Ayons donc des lois plus humaines,
Ou vantons moins nos mœurs et notre humanité.
      Mais, que dis-je, hélas ! c'est un crime
      Que de prêcher cette maxime ;
Et j'entends qu'on s'écrie partout autour de moi :
Ah ! tu veux ruiner le commerce, je crois ?...
Ne nous abusons pas, le commerçant honnête
Jamais son débiteur ne fit mettre en prison ;

Il sait que ce moyen lui fait perdre sa dette,
Et que dans tous les temps, dit-on,
On fut fort mal payé de ceux qu'on emprisonne :
Vérité dont devrait ne plus douter personne.
Mais quels sont les emprisonnés ?
Ce sont des commerçans.... Je crois que vous riez :
Un commerçant... Hé bien ! parbleu, je vous écoute,...
Fait honnêtement banqueroute :
Banqueroute ; mais non, je me reprends ; pourquoi ?
C'est qu'on se moquerait de moi ;
Aussi, rayons ce mot bien vîte.
Quand un négociant fait faillite
Le tribunal a sitôt ordonné
Que le susdit failli sera emprisonné ;
Mais ce n'est que comminatoire,
Comme le dit du palais le grimoire.
Veux-tu voir ce failli?... Oui... Tu le trouvera...
A Sainte-Pélagie ;... hé non, à l'opéra.
Si l'on emprisonnait un failli d'importance
Le palais de la bourse en serait ébranlé ;
Oui, je le parierais d'avance,
Le crédit national en aurait chancelé :
Le crieur des effets, d'une voix faible et fausse,
N'eût coté qu'en tremblant, ou la baisse, ou la hausse ;
Mais tout bientôt va s'arranger ,
A dix pour cent il vient d'*accommoder ,*
Et notre homme reprend les affaires bien vîte.
Dans peu de temps il fait encor faillite ;
Mais si bonne et si bien, qu'il sera dispensé
D'en faire une troisième, et de recommencer.

Mais ce n'est rien : la fraude, l'injustice,
Pour le riche n'est pas un vice...
Mais un petit marchand faillir !
Le peut-il?... Non... Belle demande !
C'est une vanité trop grande,
Et on fait bien de l'en punir...
Mais aussi, pour avoir des prétentions semblables,
Sont-ils banquiers, ces misérables?
Ainsi, comme toujours l'histoire te l'apprend,
On punit le petit, on épargne le grand.
Viens, et d'une prison nous parcourrons l'enceinte.
Je te suis; et je vois tout un état-major !
La loi oserait-elle encor
Sur les lauriers frapper sans crainte
Au brave : quel malheur ! Si l'infâme usurier
Prête son secours exécrable ,
En vain pour son pays il s'est fait estropier ;
Il faut payer ce misérable,
Ou bien un jugement, suivi d'exécution,
Traînera le héros du camp à la prison.
Mais rendons-lui cette justice,
Oui, je le dirai sans malice ,
Un usurier met dans sa cruauté
La plus grande impartialité:
Peu lui importe, c'est unique,
Que vous ayez servi le Roi, la république,
Héros de la Vendée ou de Napoléon,
Il vous traitera tous de la même façon.
Que vois-je? deux fils de famille ;
Ils aimaient un peu trop la fille,

Le jeu, les chevaux.... Dieu merci,
Tout cela au galop les a menés ici :
Enrichir l'usurier fut toujours leur office;
Que leur destinée s'accomplisse....
Quel est ce prisonnier?.... Mais c'est un avocat;
C'est fâcheux! mais, parbleu, on sait dans son état
Que, par une fiction étrange,
On devient négociant par la lettre de change.
Mais voilà un cultivateur;
Aucun état n'est donc à l'abri du malheur?
Et c'est la victime, je gage,
De quelque usurier de village,
Car ses vampires sont partout.
Ah! tu n'en es pas encore au bout;
Permets qu'un instant je m'arrête :
Vous êtes prisonnier pour dette?
Oui, monsieur ,... et ces bonnes gens,
Pour le même motif, ici depuis quatre ans
Font avec moi leur pénitence.
Vous êtes bien traités, je pense?
Ha! monsieur.... Je comprends, et vois
Que vous regrettez vos chaumières.
Si nous les regrettons!... Aisément je vous crois.
Écoutez, si vous êtes pères,
Pauvres gens, le conseil que je vais vous donner,
Que jamais vos enfans n'apprennent à signer.
Monsieur, c'est ce que nous répète
Notre curé :.... sois une bête,
Homme, si tu veux être heureux;
C'est ce qu'on peut faire de mieux.

Messieurs les libéraux à présent, je le pense,
Ne sont plus étonnés qu'on prêche l'ignorance,
     Puisqu'on ne le fait en tout lieu
Que pour le bien du peuple et la gloire de Dieu.
     Ainsi soit-il.... Et tout de suite
     Je continue ma pénible visite.
     Qu'est cet original au regard effaré ?
     C'est un poète, hélas! il avait ignoré...
     Il me paraît que tu t'amuses ;
J'eus parié qu'Apollon, derrière les neuf Muses,
Tant le papier d'auteur est partout décrié,
     N'aurait jamais ici pu être négocié.
Mais, dis-moi donc, quelle est cette étrange figure,
     Qui, avec un très-court bâton,
     Sur les barreaux de sa prison,
     S'amuse à battre la mesure ?
     Hé! mon ami, tu le vois bien,
C'est un compositeur, un très-grand musicien ;
Ses opéras ont fait la plus forte culbute,
     Et notre homme, de chute en chute,
          Par une prison a fini :
          Que ne copiait-il *Rossini ?*
     Un, deux ; quel est donc ce vacarme ?
     Ce n'est rien, c'est un maître d'arme,
     Qui contre un mur fait un assaut :
Contre ses créanciers qu'il le fasse plutôt.
     Mais quel est cet homme en soutane ?
     Ma foi je crois que c'est un moine :
     Serviteur, monsieur l'aumônier ;
Tais-toi donc, mon ami, car c'est un prisonnier.

C'est une chose surprenante ;
Tu pourrais dire bien plaisante :
Dieu l'a placé ici , par humiliation,
Entre un prêteur sur gage et un courtier marron.
Mais que fait-il ici ? J'augure
Qu'il fait un sermon sur l'usure ;
Il ne manquera pas de matériaux précieux ,
Les victimes sont sous ses yeux.
Voilà des commerçans fort extraordinaires ;
Mais ce ne sont pas tes affaires.
Parbleu si, et je vais à l'instant t'expliquer
Comment dans ses filets vous prend un usurier :
Belle au moins sera la matière.
Si quelqu'un la connaît, ah ! c'est bien moi, j'espère.
C'est de l'argent qu'il vous faut?... Hélas ! oui.
On n'en trouve plus aujourd'hui,
Il n'en existe plus en France,
Non, depuis la Sainte-Alliance :
Il faudra se saigner ; mais, au moins, s'il vous plaît,
Je vous en prie, soyez discret ;
Je veux bien vous rendre service,
Et je ferai pour vous un très-grand sacrifice ;
Mais si vous en parlez, parbleu, je l'ai songé,
Chacun au même prix voudra être obligé.
Hé, monsieur, hélas ! quel martyre !
Vous sentez bien qu'on n'y pourrait suffire.
A la fin on vous a les espèces comptées ,
Il est vrai qu'elles sont un tant soit peu rognées ;
Mais nous pouvons passer sur cette circonstance ,
Que chacun connaissait d'avance.

Que reçoit-on en argent? Mais le quart
    De ce que prête ce pillard;
Mais cela ne fait pas mon compte?
    Écoutez donc.... C'est une honte.
Et puis, pour le surplus de ce que vous devrez,
    Quelques bijoux vous seront délivrés,
    Ou bien ce sont des marchandises
    Qui seront aussitôt remises
A un homme indiqué par l'honnête usurier,
Qui, pour les prendre au quart, se fera bien prier:
Le tout est bien réglé en des lettres de change.
    Tout cela vous paraît étrange ?
On y joint l'intérêt, à quel taux? à un tel,
    Qu'il scandalise Israël.
    L'usurier fort peu s'en occupe:
L'échéance arrive; il fait saisir sa dupe,
    Et bientôt dans une prison,
    Pour quatorze sols environ,
    Chaque jour il le nourrira :
    Jugez donc s'il engraissera.
    Mais, messieurs, ne vous en déplaise,
On n'est pas en prison pour avoir tout à l'aise,
Et sachez que du mois le trente-unième jour
    Est *vigile* dans ce séjour.
Mais ce n'est rien, et grâce à nos lois inhumaines,
Plus nous allons, plus nos prisons sont pleines.
    Mais, me dira-t-on, les malheurs
    N'ont jamais eu plus nombreux défenseurs
    Que dans ce siècle de lumière :
Messieurs, cela n'importe guère,

Et, afin de vous le prouver,
Daignez un instant m'écouter :
Je sais combien de personnages augustes
Jusque dans les prisons cherchent l'infortuné,
Et que, pour les soustraire à des chaînes injustes,
Du grand nombre leur cœur ne fut pas étonné ;
        Mais l'usurier de ces bienfaits profite,
        Et voici quelle est sa conduite.
C'est assez, mon ami, cesse de plaisanter.
        Écoute donc ce que dit l'usurier :
                « Nos princes sont bons,.... faisons vîte
                » Emprisonner mes débiteurs,
                » Ils seront touchés de leurs pleurs,
        » Et pour les délivrer on traitera de suite ».
                Ainsi, rien ne peut le toucher,
Son calcul est fixé, il va toujours le suivre ;
Et plus de prisonniers la charité délivre,
Plus la cupidité en fait emprisonner.
        Mais un bienfait que je réclame
                De la belle ame
                Des honnêtes huissiers,
        Sur-tout de nos aimables créanciers ,
C'est que d'énormes frais ils fassent un peu moins.
        Fie-toi pour cela à leurs soins.
Voici quelle est toujours et sera leur conduite :
« Monsieur, pour me payer, n'a pas d'argent de suite ;
        Vîte assignation , jugement,
        Exécution, saisie et banniment ;
        Tous frais portés à un taux très-honnête,
        Et le tout augmente la dette ;

Disons-le si bien, et si fort,
Que tu t'acquitteras dans dix ans,... par ta mort ».
Et n'avons-nous pas vu naguère
Libéré par la mort un ancien militaire,
Dont les deux fils infortunés
Moururent pour l'État en suivant nos armées?
Qu'on est heureux quand on meurt libre :
Du père malheureux, contraint de leur survivre,
La raison s'altéra; l'excès de ses douleurs
A tous ses compagnons a fait verser des pleurs.
Il mourut; d'un soin inutile
On ne s'occupa pas, il n'avait rien laissé ;
Et ce héros, à peine trépassé,
Fut conduit au dernier asile,
Oui, le dirai-je, transporté
Avec le corbillard qu'offre la charité.
Ce qu'il devait montait à des sommes bien hautes :
Il devait trois paires de bottes,
Qu'il usa, on le sait, en servant son pays ;
D'énormes frais, ajoutés à leur prix,
A cent louis ont porté sa créance.
A cent louis !... C'est bien assez, je pense.
Ainsi, le malheureux est frappé par la loi,
Qui ne devait punir que la mauvaise foi !
Mais, hélas ! on a peine à croire
A de telles attrocités :
De nos prisons consultez donc l'histoire,
De cent traits plus affreux vos cœurs sont révoltés.
Le sort du débiteur fut-il jamais plus digne
De quelque commisération ,

Qu'après une révolution
Où chacun éprouva quelque malheur insigne.
Non, tant d'illustres voix n'auront pas éclaté
Pour rien; et nous verrons bientôt l'autorité,
    Par une loi plus équitable,
Tendre au malheur une main secourable.
    C'est alors qu'on augmentera
    Cette ration alimentaire,...
    Et que le débiteur, j'espère,
    Un peu moins on tourmentera.
Oui, pauvre débiteur, tu vois plutôt le terme
    D'une indigne captivité :
Traité pis qu'un voleur,... cinq ans on te renferme ;
    L'avais-tu mérité ?

    Ainsi, je cherche de ma lyre
    A tirer encor quelques sons ;
Je sais bien que mes vers ne sont pas assez bons
Pour pouvoir sans péril affronter la satire :
    Enfans de la captivité,
    Faits pour alléger ma souffrance,
    J'appelle pour eux l'indulgence
    Que j'eus bravé en liberté.

FIN.

Notes.

—

[*Sous les traits d'un vieux Juif fit une invention.*

Les Juifs, ayant été chassés d'Espagne par Ferdinand et Isabelle, inventèrent la lettre de change pour transporter plus aisément leurs richesses hors de ce Royaume.

.... Tout un état-major.

En effet, Sainte-Pélagie, que j'ai voulu peindre ici, renferme un grand nombre de militaires de tout grade et de toute arme ; ils formeraient facilement plusieurs états-majors.

C'est un poète..........

Sainte-Pélagie renferme aussi un de nos premiers poètes, qui est allé là en faisant des chansons et des dettes.

Mais quel est cet homme en soutane ?

Un ecclésiastique, que sa position semblait devoir préserver d'un pareil sort, figure aussi dans la même prison. Il est étonnant que le clergé, dont l'esprit de corps et la charité sont extrêmes, laissent languir un de leurs membres dans une prison.

Que reçoit-on en argent ? Mais le quart.

Il a été vendu l'année dernière à un jeune étourdi pour cinquante mille francs de bouchons et d'allumettes.

Le soleil n'était pas encore couché, que déjà un compère avait racheté le tout à vil prix. Les mêmes bouchons et ces mêmes allumettes furent vendus dans le cours du mois à cinq acheteurs différens : on n'en a vu que deux à Sainte-Pélagie , les trois autres ayant trouvé moyen de s'acquitter. Cette opération fut fort vantée dans le temps par toute la bande noire , qui la regarde encore comme un trait de génie en affaires , et n'en parle jamais sans admiration.

> *Et n'avons-nous pas vu naguère*
> *Libéré par la mort un ancien militaire ?*

Le fait est historique ; c'était un major de cavalerie, dont je tairai le nom.

On a peine à croire à de pareilles horreurs ; mais tout dans ce morceau est véritable.

On trouve à Sainte-Pélagie un militaire qui ne devait originairement que 17 fr. : les frais ont rendu sa créance énorme.

———